JN147334

love poem

キスガスキ

白井ひかる
Shirai Hikaru

竹林館

love poem

キスガスキ

Contents

I

love poem
キスガスキ
Contents

Ⅱ

カバーイラスト　加藤ベニ

キスガスキ

I

LEMON YELLOW

あなたはレモンイエローが
ないという
これから車を走らせて
買いに行くのだという
キャンバスに描(か)きかけの
少女残して
瞳の色は
悲しい色にしてね
心に穴をあけたのは
あなただから
それより
吹き抜ける風の行方
追いかけてほしい

レモンイエローなら
わたしがあげるわ

ため息つきながら時間
ふりかえる
いけない言葉にまどわされ
あなた傷つけたのね
できるならもう一度
心許して

瞳の色は
悲しい色にしてね
涙に濡れてしまいたい
わたしだから
今なら
取りもどす愛もあると
信じているのよ

レモンイエローなら
わたしがあげるわ

あの光る海の彼方へ

夢追いかけ　走っていた
自由という名の孤独の服着て
いつのまにか　傷ついた心
癒す術（すべ）もなく　過ぎた日々

君に出会ったあの日から
生きていく勇気は　君への愛と知った

ひとりきり　流れる川より
君とふたり　大きな川になって
あの光る海の彼方まで
きっと　辿りつこう　永遠を誓いながら

胸のなかに描いている
それぞれの夢は　違っているけど
違うことを認め合うことが
愛を大切に育ててく

君が立ち止まり　迷うとき
いつだって見守る瞳を忘れないで

ゆるやかに流れる川より
君とふたり　激しい川になって
あの光る海の彼方まで
きっと　辿りつこう　永遠を誓いながら

Good-bye Tears

街の溜め息　流れ込む
夕暮れの交差点
よどんだ人波　かきわけて
ひとり見知らぬ道を歩いたよ

両手に抱いた　夢だから
諦めは　しないけど
破れて消えそうな　こんな日は
ふらり　寄り道したくなったのさ

歩道橋から悲しみを
ヘッドライトの川に流そう
コンクリートさえ　今はなぜか温かい

Good-bye Tears
風に消えてゆけ
氷りついてた　切ない勇気

今目覚めていくよ
Good-bye Tears
二度と迷わない
僕だけの道　夜明けまで
また　歩きだせばいい

別れた人の面影が
胸の奥　よみがえる
いちずに愛して傷ついた
そんな過去（きのう）を誰もせめないさ

摩天楼から降りそそぐ
光の雨に　孤独溶かそう
星屑の彼方　時を越えて旅立とう

Good-bye Tears
風に消えてゆけ
眠りかけてる　明日という日を
この手に抱きしめて
Good-bye Tears

二度と迷わない
僕だけの地図　探しあて
また　歩きだせばいい

気分は Purpling*

いつもそばであなたが　肩を抱いてくれたら
しあわせがいっぱい　Topping（トッピン）
何もむずかしいこと　わからないけど
気分は　Purpling（パープリン）

目覚ましのベルさえ　今は待ち遠しい
音が睫毛（まつげ）と　遊んでる

あなたに出会えたね　めぐり逢えたんだね
こんな気持ちは　何色なの？

まだ恋なんてはっきりと　知らないけど
結構　はまってる
初めてのキス　タイミングずれたけれど
きっとね　ハートはハモリだしてる

瞳見つめ合ったら　愛しているなんてね
本当に言えるかしら？
何もむずかしいこと　わからないけど
気分は　Purpling（パープリン）

読みたかった本の　主人公はあなた
途中スリルも　味わいたい

大人になったつもりでも　ほんの少し
自信がないけれど

きっと運命はこうなると　決まってた
地球が回れば　愛も育つよ

いつか誰も彼もが　恋の道に迷うの
まっすぐに歩けば　ＯＫ！
何もむずかしいこと　知らなくったって
気分は　Purpling（パープリン）

＊Purpling は Purple の ing 形です。

エロスをあげる

You……
何が欲しいの
はっきり言って
グラスの氷
溶ける前に
You……
胸のざわめき
聞こえるはずよ
キャンドルライト
そっと消して

危険な恋に堕ちていく
それはあなた次第なの
心の鎖　振りほどいて
見えない愛を形にしたい

エロスをあげる　今夜あげる……
欲しいものなどなんにもない

You……
愛という名の
電車に乗せて
行き着く場所に
終わりはないの
You……
肌を優しく
激しく抱いて
ほどいた髪が
ちぎれるほどに

大人の恋に目覚めていく
理由なんか要らないの
口づけくれたその後なら
あき缶みたいに捨てられたい

エロスをあげる　今夜あげる……
欲しいものなどなんにもない

ギャップの海を泳がせて

夜明けにジワッと汗をかいて
誰にも言えない　甘い夢を見たわ
　キスの後には　何がくるの？

くちづけ　かわしたばかりなのに
大胆すぎるの　夢のなかの私
　知らない私が　もうひとり
　ココロとカラダがずれてるみたい

ギャップの海を泳いでる
届きそうで　届かない
一歩手前が　エクスタシーかもね
大人に辿りつくまでの　青い迷路（ブルーラビリンス）

素直な気持ちになりたいのに
ときどき反抗　ハートひとり歩き
　どこか栄養　片寄ってる？

あなたに　優しく　抱かれても
気持ちとうらはら　なぜか拒む仕草
　本当の私はどっちなの
　勝負がつかない綱引きみたい

ギャップの海を泳いでる
同じようで　同じじゃない
二重人格　ファンタスティックかもね
大人に辿りつくまでの　青い迷路（ブルーラビリンス）

遠く離れたら

遠く離れたら　想い強くなる
いっぱい　いっぱい言いたいけれど
言葉には　ならなくて

夢を背負うって　どんなことか
教えてくれたのは　君が最初
どんな夢だって　一歩一歩
いつかは　辿りつけると
本気で思うよ

やっとスマホ　買えたって笑ってた
新しいバイトも頑張ってね

時間の　端ばしに
音の　切れ切れに
景色の　移ろいに

君のこと思ってる
遠く離れたら　想い強くなる
いっぱい　いっぱい言いたいけれど
言葉には　ならなくて

わりと地味だった　出会いの瞬間(とき)
だけども　いつだって気になってた
派手な想いなど　ない方が
不思議と長続きする
今では宝物

優しすぎて　少しだけ心配よ
自分の夢　ひたすら見つめていて

会えれば　いいけれど
いつか　会いたいね
当分　駄目だけど
君のこと　思ってる

HOTな雨降りDUO

雨模様　A rain of kisses　けむらせて
風模様　A wind of kisses　吹き荒れた

ピカピカに光ったあなたの車で
開演ギリギリ　野外コンサート
お祈りむなしく　ポツリ降りだした
ドラムが響いて　雫も踊るよ

「こんなときには雨ガッパ」
着せてくれたわ　あなた
大きな穴があるけれど
いいの　HOTな気分

雨模様　A rain of kisses　けむらせて
風模様　A wind of kisses　吹き荒れた

揺れるレーザー光線　雲まで届いて
あんぐり唇　飛び込む雨つぶ
すっかりずぶ濡れ　くしゃみが爆発
ペンライトかざして待ちわびたエンディング

「帰り道は喫茶店」
ホットコーヒー　ふたつ
微笑むあなたの銀ぶちメガネ
湯気でくもりガラス

いつでもそばにいて
抱きしめてあげたいの
私の恋心　あなたのためだけ
形がないくらい
色が塗れないくらい
愛する気持ちをあなたにあげたい

雨模様　A rain of kisses　けむらせて
風模様　A wind of kisses　吹き荒れた

現状打破DAHA

（現状打破DAHA　現状打破DAHA）
気がついてみると　同じことを繰り返してた
（現状打破DAHA　現状打破DAHA）
失恋地獄ね　メビウスの輪くるくる回る
（現状打破DAHA　現状打破DAHA）
こんどもお別れ　前の彼のときもそう
涙が出るけど　笑顔一発決めてみたい

GOOD-BYE　のしつけて　ここはいさぎよくおさらば
HELLO　今すぐに　未来グレードアップしちゃおう
夢中になれたら最高

（現状打破 DAHA　現状打破 DAHA）
世の中すべてがうまくいけばおなぐさみだよ
（現状打破 DAHA　現状打破 DAHA）
悲しい出来事　ピリリ効いたスパイスかもね
（現状打破 DAHA　現状打破 DAHA）
悩んでいたって　どうなるものでもないし
脱皮は HAPPY　羽を広げて飛んでみたい

GOOD-BYE　悪びれず　全部やり直し始めよう
HELLO　新しく　メイクキラリキラ見せたい
夢中になれたら最高

恋のトリガー

仕掛けてきたのは　あなたの方
もう　待ちきれない

むせかえるほど　オーデコロンつけて
鏡のなか　アタシ溜息ついてる
思いどおりにあなたからの電話(コール)
けれどもまた世間話ばかりだわ
お互いに感じ始めてることわかってるくせに
白状してよ　電話の向こうでためらわないで

攻撃は男だけの武器じゃない
ぐずぐずしてるなら　こちらからお見舞いするわ
恋のトリガー　指をかけて
女のピストル見せてあげる
声を聞くだけじゃ　Ah……
物足りないわ

頭のなかはあなたのことばかり
耳からほら　気持ちこぼれてきそうよ
スタンバイなら　いつでもＯＫなのに
アクセルだけ　今もあなたそのままね
目を閉じて踵少し上げれば唇は甘く
いけない想像　真赤な木の実が枝から落ちる

限界よ　どうしたって止められない
まごまごしてるなら今すぐに戦闘開始
恋のトリガー　指をかけて
女のピストル見せてあげる
たじたじしてたら　Ah……
みっともないわ

小林くん

昼休み制服の黒い固まりが
歩いていると思ってた
いつだって子分たち連れたその姿
瞳が合うと目を伏せた
　だから声をかけられたとき
心臓がどっきんって音たてた
小林くん　長い茶髪をかきながら
　澄んだ声で笑ったね
小林くん　衿から見える青いシャツ
　自由の匂い流れてる
青春って　勇気かな
ハートがキュッと熱くなる

ときどきは良くない噂聞いたけど
嘘ならいいと願ってた
教室で先生に反抗しては
飛び出したこと悲しかった
　だけど笑顔とても綺麗と
　遠くから見てたんだよ　こっそりと
小林くん　30ページ現国の
　　　　答え見せてあげるから
小林くん　いつでも時間空(あ)けるから
　　　　次もきっと声かけて
青春って　光かな
世界がパッと明るいよ

ラブハリケーン

彼とは　AでもBでもないの
あなたったら　いつまでも
わかってくれないのね
彼とはいい友だち　それだけ

やきもちは　息が詰まりそう
もっと真っすぐ　私みつめてよ
欲しいのは　あなただけなの
太陽が落ちるくらい
生命の歯車狂わせるくらい
愛してるわ
揺りかごじゃなくて
ハリケーンだってこと
あなた　わからないの？

やきもちは　息が詰まりそう
もっと真っすぐ　私みつめてよ
欲しいのは　あなただけなの
世界一熱いキスで
１００年先まで縛りたいくらい
愛してるわ
揺りかごじゃなくて
ハリケーンだってこと
あなた　わからないの？

Red Tail Illuminations

もつれた心のままで
部屋を飛び出した
涙さえ置き忘れて
今は
暗いハイウェイ
身をまかせながら
空回りした愛
捜すこともしない

Red tail illuminations
テールランプが涙をそめる
Red tail illuminations
眩しくて
Red tail illuminations
お願いだから追いかけてきて

何故なの　流れるままに
いつも愛してた
すれちがうはずはなくて
だから
重いさよなら
背につきさしても
許される台詞と
疑わなかったわ

Red tail illuminations
テールランプが涙をそめる
Red tail illuminations
輝いて
Red tail illuminations
お願いだから奪いに来てよ

春は来ない

暖かい日差しに
背中を押され歩く歩道
なつかしいメロディー
心のなかでつぶやいた
ああ　何もかも微笑んでいるのに
何もかも動きだしてるのに
開きかけた花のつぼみは
この胸に咲くことはない
そうさ　春を運んでくれたのは
いつもいつも運んでくれたのは
君だったんだと
まぼろしのように
今は風が吹くだけ

幸せのやりとり
並んだ肩に揺れる愛
満ち足りたふたり
思い出だけの蜃気楼
ああ　季節だけ変わらずに誘いかけ
君だけがここにいない景色
不意打ちに空がはじけて
思い知る　靴音ひとつ
そうさ　春を運んでくれたのは
いつもいつも運んでくれたのは
君だったんだと
まぼろしのように
今は風が吹くだけ

So-Ho Rhetoric

実るはずもない恋だと
あれほど　確かめ合ったはずなのに
お酒の酔いに任せて
いつまでも電話してくる人ね
枯れた涙をもう一度流せと言うの？
いいわ　あなたが望むなら
昔のように　恋人のように
今は話を聞いてあげる
I'm always waiting for your call from So-Ho in my dream.
ソーホー通りからだなんて
出会いのころのレトリックのようね

何気ない夜迎えても
今でも　心の水面震えだす
忘れたはずのあなたに
知らず知らず絆求めているのね
涙で濡れた思い出に　乾杯したいの？
いいわ　このまま酔いしれて
あなたの吐息　感じるまでは
今は話を聞いてあげる
I'm always waiting for your call from So-Ho in my dream.
ソーホー通りからだなんて
出会いのころのレトリックのようね

１００年ください

電話のベルが鳴るたびに
いまでもあなたの声期待してる
終わったはずなのに
諦めきれない心
女は哀しいものなんて
信じていなかったけど
強がりだけで　本当は
あなたがすべてだったのね

あの人を忘れるまで
だれか私に１００年ください
命のあずけ場所見つけるまで
だれか私に１００年ください
ああ　つけ足しの人生なんて
もう要りはしない

目眩(めまい)のような苦しみが
心を砕いていく　跡形なく
溢れるこの涙
あなたに届いてほしい
素敵な人なら　いくらでも
いるわと言い聞かせても
傷つけ合った日々でさえ
激しく胸によみがえる

あの人を忘れるまで
だれか私に１００年ください
命のあずけ場所見つけるまで
だれか私に１００年ください
ああ　つけ足しの人生なんて
もう要りはしない

ジェラシー　イン　ドリーム

夜明け前の薄明り
ふいに思い出した
あなたの仕草
ジルバだって踊れると
軽くステップして
おどけてみせた
微笑みからめてダンシング
あなたの胸のなか
顔をうずめた女(ひと)はだれ？
ジーンズが似合う頃に
出会いたかった
ああ　ジェラシー
固く瞳閉じて
あなたと踊ってみる
イン　ドリーム
イン　ドリーム

あなたの目に映ったもの
拾い集めてきて
並べてみたい
出会う前の優しさを
だれに心乱し
あげたと言うの
靴音響かせダンシング
朝まで漂って
からだ沈めていく二人
眠るのよ　消えてほしい
胸のざわめき
ああ　ジェラシー
固く瞳閉じて
あなたに抱かれてみる
イン　ドリーム
イン　ドリーム

女　止(や)めたいよ

太陽って　ばかだね
飲みすぎだよね
あんな赤い顔してさ
沈んでいくよ

追いかけてみたいよ
翼あるなら
あなたのこと恋しくて
夜は大キライさ

　街の明かりが灯るころ
　なんだか女になっていく

好きで　好きで　好きで
たまらなく好きで
こんな辛い　辛いひとりの夜
きっぱり　すっぱり　女　止めたいよ

私って純だね
愛しすぎかもね
無理に車　飛び込んで
死んじゃいたいよ

らちもない恋だと
言い聞かせても
傷つくだけ傷ついて
愛に試されてる

　星と三日月寄り添えば
すっかり女になっていく

抱いて　抱いて　抱いて
ここに来て抱いて
こんな長い　長いさみしい夜
きっぱり　すっぱり　女　止めたいよ

Forever

夕暮れが街を優しく彩る
いつか君と歩いた歩道さ
路地の占いの椅子に腰かけて君は
恋の行方尋ねたね

別れる星のふたりと言われた
夢中な僕は何も見えなかった

こんなさよなら来るなんてウソのようさ
与えて奪ってせっかちな愛だったね
受け取ることの大切さ今なら言える
I love you forever

恋人の群れが夜に溶けていく
ひとりぼっち平気とつぶやく
君の面影を知らず知らずに捜すよ
そんな僕を僕が嗤（わら）う

あの日　少しの勇気を持てたら
きっとふたりは今もここにいるよ

いつか初めて会ったように君に会いたい
何も知らない自由な心でもう一度
離れていても誰より愛してる君を
I love you forever

未来(あした)　天気になあれ

朝焼けや　夕焼けを
いつから　見ていないだろう
電車の四角い窓が
同じ景色　映してる
そんなことさえ　忘れてた

忙しく　生きてきた
夢など　どこへ　消えたのか
回転木馬のように
同じところ　回るのか
ここらで　いっちょう　はみ出したいよ

右に揺れたら　みんな右
いっしょに揺られて　時は過ぎる
ひとり　つり革離せば　よろめくけど
わっかの向こうの丸い空
せめて…
未来(あした)　天気になあれ

遠い日の思い出が
このごろ　胸によみがえる
心にポッカリ　開いた
黒い穴があるらしい
ほんとの幸せ　つめ込みたいよ

ギリとニンジョウ　古いけど
知らずに染められ　時は過ぎる
残り少ない　時間でも
人生後悔　したくないよ

右に揺れたら　みんな右
いっしょに揺られて　時は過ぎる
ひとり　つり革離せば　よろめくけど
わっかの向こうの丸い月
きっと…
未来(あした)　天気になあれ

Ⅱ

赤と青のパラレル

ワイパーはぎこちない音を立てて
ときおり思い出したように
止みかけの雨を払い除ける

遠く西の空はすでに明るい
灰色の千切れ雲の狭間に
沈みかけの夕日で染められた空が
オレンジ色に光っている

このままずっと　真っすぐに・・・
真っすぐに　真っすぐにどこまでも走り続けたら
追いつけるだろうか

いつもの角を曲がると
いつもの理髪店のサインポールが
止まっている

気づけば今日は月曜日
明日になればまたぐるぐると回りだすだろう
永遠に続く赤と青の
無邪気な追いかけっこ

A convenience store is very convenient

点滅信号で
横断歩道に駆け込む
新しく　おろしたてのRegalの
白い靴紐とアスファルトの接触
白い靴底のゴムの匂い
横断歩道の白い線に合わせて
ステップしていく
「落ちたら　滝つぼにマッサカサマだぞ」

とっくに変わった赤信号に
背中をグイと押されて
店に入る
シャーペン0.5ミリの芯の袋は
棚にぶら下がっていなかった
が　レジに彼女はいた
目配せすると
にっこり笑い返してくれる

少し離れた別のコンビニに行っても
やはり芯はなかった
今度はレジの彼女が
目配せする
さっきの彼女と瓜ふたつだ
ボクは彼女を誘いだす

目に見えない電波が
アンテナにからみつくように
彼女はボクの首に腕をからませて
キスを始める
頭のうしろで束ねていた髪は
振りほどかれて
腰のあたりでぱらりと揺れた
愛し合った後で
彼女は喉が乾いたと言う
「Coca-cola じゃなくて　Pepsi よ」
上着だけ　はおったボクは
ホテルの部屋を出て

一階のコンビニに降りた
蛍光灯の真っ白い光のシャワーのなか
放射線のように　裸体を見透かされながら
冷蔵庫の棚から　缶コーラを取って
レジに行くと
そこには彼女がいた

「これはCoca-colaですけど
Pepsiじゃなくて
いいんですか？」

カーブミラーの向こう側

映っていないと思われても
あるいは　米粒だったりした車も
急に大きくなって
「しまった」と思う心に
容赦ないその存在を押しつけてくる

仕方がない
後ずさりだ
相手が行き過ぎながら　クラクションを鳴らす
今度はすばやく前進だ

カーブミラーに映った右折の世界

ハンドルを大きく切ると
高速道路横に
新しく切り広げられた側道が
向こうに見える
舗装前の白い地肌が
まぶしいほどだ
たたけば細かい砂ぼこりが
舞い上がるだろう

あたりの光を集めながら
発光体のように
青空の途中まで突き進んで
ばっさり途切れている

点火

大きな魔法使いみたいに
君はやって来て
黒いマントを広げて
僕を抱いてくれる
肌の上にたゆたう温もりは
君の匂いを乗せながら
僕の鼻から心地よく
入り込む

小さな僕の乳首を食む君のこめかみを
見ている
産道から出てくるときは
濡れて光っていたこめかみ

世界が点火する
シュッと音を立てれば
ポッと燃え上がるオレンジ色の炎

G7

黒色のミルクを流したような
夜だ

窓を開けると
遠くから
チラチラ揺れている街明かりを擦り抜けてきた
冷たい夜気が
肺のなかに流れ込む
肌の隣りのとろりとした色彩をもって

ベースだけ担いで
彼は帰ったのだ
カードのぎっしり詰まった
黒の革の財布
細かい字で書き込まれた
分厚い予定帳
ミンクの尻尾がついたキーホルダーの

鍵の束
ショルダーごと椅子に置き忘れたままだ

何故に彼は忘れ物をする？

突然演奏が中断して
コードのことで言い争ったり
何回もやり直して
うんざりして
結局 TAKE-1 が
良かったり
息抜きに有名なブルースの触りを真似したり
だけど
それとは別の何かが
ざわざわした何かが
流れる音

彼の視線の先
弦に滑らす指の動き
リズムをとるつま先　くちびるに

向けられたアングルの撮影者である私に
私は
気づき始めている

もうすぐ忘れ物に気づいて
彼は戻ってくるだろう
にこやかな笑顔で
ドアを開ける彼に
昨日までの笑顔を返すことは
もう
できない

ＢＧＭの行方

ラウンジは広く
薄暗かった

奥の方から
暗闇の空間の厚み分だけ
キャンドルライトと
男と女の話し声と
煙草の煙が
重なり合い
入り交じる

皿とフォークのぶつかり合う
金属音を縫うように
柔らかいピアノの音が
流れている

中央の一段高い

円形の舞台で
ピアニストが
白い腕を踊らせているのだ

彼女はハートを端っこから
小さく切り刻んでは
ひとつぶ　ひとつぶの
音に作り変えていく

生まれ出た音は
だが
足許にころがるばかりで
誰かに拾われる
様子も
ない

テーブルの横のカポックの葉陰から
彼女の首と肩の肌色を映した
宝石のきらめきが
光となって届いた

ざわめきのなか
ＢＧＭは
流れて行く

逃げる

重力のベクトルは
とっくに乱れていて
角膜に張りついた目の前の光景は
制御できない生き物のように
荒々しく　呼吸し始めている

僕以上に酔った
彼女の足許が
おぼつかない

がらんとした地下街の
蛍光灯も自分の義務だけ
果たして　眠りこけている

地下鉄へ通じる
階段の最上段に
僕たちは並んで

腰掛けた

彼女は眠っているのか
起きているのか
先程まで合わせていた肌と肌の間に
入り込んだ空気が
いつのまにか距離を作り出している

「どこか　遠くへ行こう。ふたりで」
彼女は階下の駅の方に
顔を向けたまま　つぶやいた

「えっ⁉」
僕の頭には
言い訳めいた言葉の候補が
一瞬のうちに　いくつも浮かんでは消えていった

「そんなこと　できないよ」
〝僕が〟
〝君が〟

〝僕の妻が〟
〝他の誰かが〟
主語の在りかを
彼女は知っているのだろうか

終電車に彼女を
乗せなければならない
明日になれば
いつものように
お互いにメールを交換し合い
何事もなかったように
ふたりは会うだろう
そして　彼女もそのことを
拒みはしないだろうと
思う

カタチ

お酒をミルクコーヒーに変えよう
もう　すっかり疲れてしまったから

愛なんて形のないものを
どうして今の今まで
追いかけ続けてきたんだろう?

あなたの声や
　笑顔
可笑しい話や
下品な話
真面目な話も少々
お昼のチャイムが鳴って

椅子から立ち上がるときの音
癖のある筆跡
何よりも　あなたがいるということ
それらはすべて
私の腕のなかで
いつだって　抱きしめることができる

それで十分じゃないの？

星も月も街明かりもない暗い空に
夜ごと漂い迷うのは止めにしよう
太陽の光溢れる南向きの部屋で
お気に入りのカップでミルクコーヒーを飲もう
お砂糖をたっぷり入れて

フォーカス

コンクリートで
塗り固められた土手でも
水はその上を平気で流れていく
川の顔をして

空間をざっくり
切り取って
太陽の光と熱を遮断しているビルの足許
鉄の欄干を背に
歩行者用信号機の色が変わるのを待っている

激しく車が行き交う四車線道路の向こう側で
信号待ちをする人々
そのなかから
たったひとりを選び出して

ピントを合わせ始めた目の行為
に面食らう
いるはずもないのに
それは面影という影に
毛様体が反応しただけ
脳は命令していない
アドレナリンは身体中に撒き散らされ
目は充血するほどに輪郭をなぞり始める

信号が青になり
道路の真ん中あたり
すれ違いざま
やはり別人だったと念押しに振り返ると
いつもの人々
いつもの雑踏
いつもの風景が
均等に広がる

つづら折のG（重力）

あてのないドライブはいつもだ
どこまで
走っていくつもり？

いつの間にか車は山に差しかかっていて
ゆるい上り坂になる
ガラス越しに入る日の光は
木々の紅葉の色を溶かし込んで
あなたの横顔をさらに赤く染め始めている
ハンドルを握る瞳はいつになく真剣だ
そんな表情があったなんて
なんだか可笑しい

山はだんだん深くなって　暗くなって
急なつづら折だ
右に左にカーブするたび
操り人形みたいに

ふたりは同じように揺れる
頭のてっぺんから　まっすぐ体を突き抜けて
下へと向かうそれぞれの重力のベクトルは
交わることなく
地下深く突き進んで
やがて地球の真ん中で
結び合う
きっと

高度を下げた太陽が
葉っぱを落として裸になりかけた木々の枝々の向こうから
ちらちら姿を見せている
茜色に染まった空が
頭の上に広がってきた
どうやら山の頂上らしい
車を降りると
山肌に添って小さいせせらぎがあり
子どもたちが流れとかけっこするように
はしゃぎながら走りまわっている
川底で重なり合う落ち葉の上を

水は
透明な蛇のように
うろこを光らせながら
とろりと下っていく

もう沈んでしまったのか
太陽の光は
もうここには届かない
仄暗い林の奥は
影の溜まり場で
冷たい風のささやきが聞こえる

次はいつ会える?

帰りはつづら折を今度は下る
またふたりきりになれるから
嬉しい
そして
哀しい

「トレビの泉」

――あれから　いずみに落ちた人がいます

ざわめきが起こり
わたしは目を覚ました
朝のミーティング
居眠りのＢＧＭだったはずの部長の声が
突然　頭の芯に飛び込んできた

彼女に違いない
ニッと笑った彼女の顔が
思い浮かんだ
彼女のデスクの方に目をやると
案の定　彼女はまだ出社していない

大酒飲みなのは
もう部署内に知れ渡っている
酒を飲むのではなく

呑まれてしまう
酒に抱かれたいのだ

もう夏はとっくに過ぎていて
昨晩の会社の飲み会の後
急に姿が見えなくなった彼女は
人通りの絶えた夜更けに
「トレビの泉」と名づけられた川の流れる地下街で
ずぶ濡れになって発見されたという

ゆうべは31階なんて
とんでもなく高い闇を昇りつめて
きしむかもわからないビルの上のパブで
見えない星影と街のきらめく明かりの狭間に身を置きながら
わたしたちはずっと喋り続けていた
偶然　隣の席に座った彼女は
ひっきりなしにタバコに火をつけては
灰皿に押しつけ
ウイスキーをおかわりし
10分と経たないうちに

ケータイのメールを繰り返し
覗き込んだ
――かち割りを作るのが得意なのよね
学生の時にスナックでバイトをしていたという
――気をつけないと　アイスピックを指に突き刺しちゃう
ウイスキーのグラスを
目許まで持ち上げて
カランカランと氷を揺らしては
自分もカラカラと笑い転げる
仕事の時とはうって変わって
饒舌になった彼女は
バイト先で知り合ったという恋人の女ぐせの悪さを
付け足しみたいに
サラリと言ってのけた

最後は誰かが介抱しなければならない
彼女はそのうちすっかり酔っ払って
気がついたときには
姿を消していた

ストーンと
31階の高みから
エレベーターで
地底まで転がり落ちた彼女は
眠りこけたようなライトに照らされた地下の街で
動力で動かされている川のせせらぎの音を聞きながら
瞳に映った映像の
右半分か左半分を
片手で引きちぎって身にまとい
現れた空白に
ペンキを塗りたくるか
文字を書きなぐるか
あるいは唾を吐き捨てながら
まるで投げられたコインが
放物線を描いてひらひらと舞い落ちるように
一円玉や十円玉が冷たく光り沈む
「トレビの泉」へと
ちょっと
身を踊らせたに違いない
足をすべらせた振りをして

切り口

きみがわたしに近づくとき

空気は一瞬に濃くなって
高められていく圧力が
小さく光る雫となって
鋭利な角度の切り口から
あふれ出す

風も
雲も

草も
時間も
その切り口の見えない輪郭のなかに
甘い液を満たしている

わたしは振り向く
きみのいるであろう
方角に

きみがわたしに近づくとき

廻る Fandango

太陽は少し西に傾き
その光を背に
わたしの方へと
誰かやって来る

それがあなただと判ると
わたしは嬉しさで心が
はちきれそうになる

ああ
眩しすぎてあなたの顔を見ることができない
――その赤い靴　とても似合ってるよ
――そう?
本当は昨日バーゲンで恐る恐る手にした
売れ残りの真っ赤なサンダル
差し出されたあなたの大きな手をしっかり握り

わたしたちは真夏の公園をゆっくり
何回も巡った

あなたの額にはうっすら
汗が滲んでいる
真っ白く洗いたてのはずのわたしのブラウスも
きっとどこか濡れているに違いない……
あなたの唇が何度も　何度も
わたしの唇を搦め捕るほどに
わたしは心配になる

あなたが聞かせてくれた古い歌のなか
fandango って不思議な響きの言葉は
フラメンコの激しい踊りだとあなたは教えてくれた

あの時の赤い靴をはいて
あの時のあなたと
あの時のまま
わたしはいつまでも踊り続ける

縁取り

わたしは酔ってなんかいない

なのにあなたは
コートの上から
幾度となく私の腕を掴む
夜景の見渡せるレストランの椅子から立ち上がるときも
エレベーターに乗るときも
エスカレーターで地下鉄の駅へ向かうときも

「大丈夫?」

「大丈夫です　もちろん」

(何故そんなこと聞くの?)

あなたの五本の指の形がわかる
熱い縁取りで私の腕に深く刻まれたから

体が宙に浮いたまま
どこにも繋がらず
人は生きていくことなんて
できるだろうか

手繰り寄せられた糸

初めて出会ったときから
許されるふたりではないと
わかっていたはずなのに

見えない糸を
認めたくなかった
正直なわたしを知るのが
怖かった

・・・かナ

好きです
抱いてください
キスをしてください
セックスしてください
いつでもそばにいてください

って
言えたらいいな

でも顔を合わせれば
お腹　空いたから
ハンバーガー食べに行こうって
言ってしまうんだろうな

この工事現場の道路は
ほかほかおまんじゅうみたいな
できたてのエナメル色のアスファルト
その上を
蒸気機関車みたいに
湯気を出しながら機械が進んでいく
その下から
新しく真っ白いセンターラインが
伸びていく
ずうっと続く道の向こうまで
あの光る雲まで
届いたら
言ってみよう
・・・かナ

咲かない花

ざらざらと
つるつるとを
重ね合わせた一枚の紙のような
思考回路だ
胸から頭にかけての
おぼつかないルート

自分自身を
魂を
心を
どこか行ったことのない知らない場所に
置き忘れているんだ

真っ青な空と
真っ白い雲と

眩しい夏の日射しに目をやると
いつのまにか塗り変えられているラブホテルの
ちゃちな壁
きみとは終わったんだと
ふいに強く
思い知る

最後にメールしたのは
いつだっただろう
返事が来ないのはわかっていた

ビルの谷間の黒い
街影を走り抜ける風よ
抱きしめるには少し冷たい
ああ

海の底のドアの向こうは

天井は静かだと思う
黙ってこちらを見ている
左上のかどから時計回りに
目で四角くなぞってみる
何もないからとても綺麗で
真ん中から　照明器具が一本足で
スッと生えているだけだ

もう何回　彼のこのアパートの部屋で
愛し合ったことだろう
さっきまでのベッドの布ずれの音も
小さな叫び声も　今は暗闇に消えて
ふたり並んで　天井と向き合ってる
そろりと息をして　わたしはつぶやく
――ねえ　この天井ってさ
　あと何年かしたら　わたしたちのこと
　どう評価するかな？

――ヒョウカ？　天井が？
　何　バカなこと言ってるんだよ　ハッハッハッ
紙のようにヘラヘラと笑い声をたてて
彼は相手にしない

――オイ　ネテルノカ？　オキロヨ！
どのくらい眠っていたのだろう
わたしの頬を軽くたたきながら
彼が耳許でささやいてる
ガラス戸のカーテンの足下が
ほんのり明るい
黒い塊でしかなかった部屋のなかの物は
その輪郭を青く際立せ始めている

ぴったりと重ね合わせた身体の
皮膚と皮膚の摩擦の波動
彼の唾液も汗も精液も
彼の身体を流れる樹液だから
強く欲しいと思うワタシがいる
閉ざされた空間の

この立方体の海の底で
わたしたちはいつまでもゆらゆらと漂う
放たれる吐息は
プクプクと泡となって天井に昇っていった

遠くで走り去るバイクのかすかな音
部屋のドアの向こうでは
時間がさらさら流れている

さよなら　ジュンコ

暇なときは
少し離れて　二人肩を並べ
通りの方に顔を向けて
客を待つ
奥にいる店長の視線も
このごろはあまり気にならなくなった

「どこの大学?」
僕は尋ねた
「M大」
男の子みたいに短く切った髪
彼女は素っ気ない
夏休みの新しいバイトを始めて十日
ここに来たとき　すでに彼女は働いていたが
誰ともあまり喋らない

「実家(いえ)はどこ?」

さらに僕は続けた
「キュウシュウ」
「九州？　遠いね」
「・・・」
「アパート？」
「寮」
M大と言えば　まだできて間がなく
この地元では　入学するのはそれほど難しくないと聞いている
彼女は九州からはるばるこの関西に来ているのだ
「大阪に来たかったの？」
何げない質問
のはずだった
なかなか返事がないので
見ると
まっすぐ正面を見据えたままの彼女の頬に
他人事（ひとごと）みたいに涙がひとすじ
そしてもうひとすじ流れて落ちた

その後
相談したいことがあると言ってくれたが

その話は聞いていない
しばらくして
ある日の夕方
バイトを終えて帰る彼女の姿を見かけた
ビルとビルの谷間の
オレンジ色の夕日が降り注ぐ広い歩道
いつものストライプのユニホームと
いつもの自慢のモックシューズ
発光体のように全身をまぶしく光らせて

彼女を見たのはそれが最後だ
彼女はバイト先をやめたという

さよなら　ジュンコ

単純それともフクザツ？

目の前の景色から
すべての線を引き抜いてみる
曲線も　直線も

次は色
色を失くせば
すべてが消える？

いいえ　まだよ
明るいところと暗いところが
あるから
太陽とすべての照明を消せば
それで　オシマイ

ソレカラ？
それから・・・

コスモスの重なり合う広い畑で
ひとり迷子になっているところへ
ドカッドカッと真っ白いぼたん雪が降るとか
シュキシュキって音をたてるシーツに
耳をそばだてながら
誰かと一日中セックスしまくるとか
改装したてのデパ地下で
きらびやかなお惣菜や
お魚やお肉や
リボンみたいな愛らしい果物や
ツンとすましたケーキの
どれにしようかなと
ぐるぐる１００回も
歩きまわるとか

・・・・・

君のこと　想うとき

だから

昔々140億年前
生まれたばかりの宇宙は
1cmの1兆分の1の1兆分の1の　そのまた
10億分の1（10^{-33}cm）だった*

それからインフレーションという急激な膨張が始まって
さらにビッグバンと呼ばれる爆発的な
膨張がおこったんだ

今　君と僕がつないでいるこの手のひらの汗は
真っ暗な宇宙を何十億年も
漂っていたH_2Oが
46億年前に生まれた地球と名付けられたこの場所で
今やっと巡り会えたつ・ぶ・つ・ぶ・
なんだよ

だから　離さない
ほら　離れない

＊『自然大博物館』（小学館刊）より

黒、黒、黒、

朝の国道は込みあう
パート先の打刻の時間が迫ってきているというのに
いつにないのろのろ運転だ
聞き慣れた音楽が車内に充満する
目の前の信号は
一台前の車が通り抜けたところで
赤に変わってしまった

突然バックミラーに現れたバイクが
脇を擦り抜け
前方横に止まった

黒いヘルメットに
黒いスーツ
黒いビジネスカバンを
肩から斜めにかけ
黒いミニバイクにまたがっている
収まりきらない長い足が
左右にひし形に出っ張っている

信号が青に変わると
ズボンのすそをひらひらはためかせながら
黒い矢印のように
走り去った

メビウスの遊歩道

目の前の白い遊歩道をゆっくり歩く

お城を囲む濠は広々としていて
水面は真っ青なガラスのように
ぴくりとも動かない

先を行く仲間たちは
大きくカーブする遊歩道の
向こう側に消えて
今はわたしとあなただけだ

懐かしいCDを聴くように
他愛のない思い出話をするけれど
ふと途切れた狭間に
甦らせたいあなたがいる

手をつないでよ　昔のように
そして
微笑んでみせて

あなたは今をしか生きられないの？

混じり合うことのない
あの頃と今とを
わたしはふたつとも生きている

遠くで仲間たちがこちらに向かって
手を振っている
気づけば元の場所に戻っている
ひとりわたしだけが
また歩き始める
永遠に

はだ

春は
陽の光は地面から生えてくる
明るい日射しが
冬の冷たい空気を
温め始める

さざ波立つ満々の水を
湛えているはずの溜池が
今は水を抜かれて
水底を見せている

姿を現した稜線は
なだらかな美しい起伏を作って
秘めごとのように折り重なり
ぬめる土の肌は
全身に光を纏い
キラキラ　キラキラと
輝きを放つ

あなたには聞こえますか?

遥か彼方から
ナニカが聞こえる
耳を澄ますが・・・
何の音だろう
潮騒なのか?

海のそばの宿にいるはずはない
いったいぼくはどこにいるのか?
真空の暗闇なのに
しかし　怖くはない
それどころか

たゆたう丸い揺りかごのなかで
甘いメロディーに包まれている

突然　頭のなかで風船がパンと弾けた

早朝の新聞配達のバイクの音だ
近づいては遠ざかり　消えた

火と水と空気と土からできたこの世界に*
くさびを打ち込んだのはたぶん　きみ
ひび割れはやがて大きな裂け目になる

*古代ギリシャの科学者エンペドクレスより

シルエット

一瞬の切り取られた額縁の絵を見るように
あなたの姿が目に焼きつく

あなたはふいに何かを見つけたに違いない
少し腰をかがめ
肩から滑り落ちるスカーフに手を添えながら
道端の小さな草むらに顔を近づけた

昼下がり
人通りもまばらな　しんとした商店街
ところどころ石畳を残しながら
ゆるやかにカーブする名残の街道を
わたしたちはゆっくり歩いてきたのだった

軒先に並べられた数々の人形に思わず足を止めると
実は売り物ではなく　趣味で作って飾っているのだと
家の奥の方から主のおばあさんが話すのを聞いたり
「朝びき地鶏」の看板につられて入った精肉店で
怖そうなおにいさんに恐る恐るもも肉一枚を注文したり
ガラス戸越しに製造している様子が見える和菓子店で
名物だというできたての生菓子をその場で頬張ったりしながら

コマ送りの時間の流れから
ひらり　舞い降りたあなたのシルエット
いつまでも色褪せることはない

白井 ひかる（しらい ひかる）

ビクター音楽カレッジで作詞を学んだ後、音楽製作会社㈱アーチストランドの作詞部門に契約作家として２年間在籍。朝日カルチャーセンターで島田陽子氏、青木はるみ氏、大阪文学学校で日高てる氏らに師事。

所属　関西詩人協会・詩誌「BLACKPAN」・「放課後」同人

love poem　キスガスキ

2017年10月20日　第1刷発行
著　者　白井ひかる
発行人　左子真由美
発行所　㈱ 竹林館
〒530-0044　大阪市北区東天満2-9-4　千代田ビル東館7階FG
Tel　06-4801-6111　Fax　06-4801-6112
郵便振替　00980-9-44593
URL http://www.chikurinkan.co.jp
印刷・製本　モリモト印刷㈱
〒162-0813　東京都新宿区東五軒町3-19

ISBN978-4-86000-367-8　C0092

定価はカバーに表示しています。落丁・乱丁はお取り替えいたします。